1

Après le film à la télé,
maman est entrée à pas doux
dans ma chambre. Elle croyait
que je m'étais endormi avec
la lumière.
Les draps tirés sous le nez,
raide comme une momie,
je fixais le plafond.
Ce soir, le noir m'effrayait.
À cause des yeux du mort...

— Mon Gillou, ce n'est pas sérieux. Tu sais l'heure ? Éteins et dors !

Maman m'a embrassé en soupirant. Je n'étais pas malade au moins ?

— Et voilà ! Tu te gaves de bonbons qui te restent sur l'estomac.

— S'il te plaît, n'éteins pas...

J'ai failli tout lui raconter. Le temps que j'ose, elle était sortie. Pauvre maman... Sans le savoir, elle brûlait.

Cent fois par jour, elle me répétait de cesser d'avaler des sucreries.

– Tu finiras avec les dents pourries.

Comment lui dire qu'aujourd'hui j'avais fini pire : pour quelques caramels, j'étais devenu un criminel.

Un vrai. Avec un mort.

Sans K.K., je n'en serais pas là.

K.K. CONFISEUR EN GROS ET DEMI-GROS : c'est l'enseigne du magasin de monsieur

Kolestérol. À mon avis, « Chez K.K. c'est pas cracra », ce serait plus fort. Mais Karel Kolestérol n'est pas de l'époque de la publicité.

Son magasin est en bas de mon immeuble. J'en bave : un véritable purgatoire. Alors pensez si son arrière-boutique est mon enfer !

Elle donne dans l'escalier que j'emprunte tous les jours pour grimper mes étages. Dans le couloir, sa porte et celle du magasin se font face. Karel Kolestérol oublie parfois de la fermer quand il doit revenir précipitamment au magasin servir un client.

C'était le cas. Deux dames retenaient Karel dans le magasin. Elles n'en finissaient pas de choisir entre escargots pralinés, calissons et pâtes de fruits.

K.K. bouillait d'impatience mais gardait le sourire à cause de la clientèle. Tout ça, je l'avais vu par la vitrine au retour de l'école. À chacun son calvaire !

D'abord, je suis passé devant la porte sans m'arrêter malgré l'appel des boîtes entassées par milliers.

— Une toute petite boîte en moins, chuchotaient-elles, qui s'en apercevra ?

Voler, c'est mal. J'ai résisté. Un peu... Et j'ai craqué. Revenant sur mes pas, je suis entré dans l'arrière-boutique à pas de loup...

Il me fait marrer Ulysse ! C'est facile de résister quand on se fait attacher au mât du bateau pour écouter les voix des sirènes. Moi, je n'avais pas de mât. J'étais seul pour combattre la voix des sucreries.

L'échelle était dressée devant les étagères. J'ai grimpé tout en haut et j'ai pris une boîte. C'était des caramels.

J'avoue avoir hésité avec un bocal plein de bonbons enveloppés dans du papier doré et du papier d'argent.

De là-haut, je dominais des rangées de piles bien alignées dans la pièce. J'ai fait un faux mouvement : le bocal a basculé, a rebondi sur une pile.

Quand ça a fait BONG en heurtant le sol que je ne voyais pas, j'ai cru mourir tellement mon cœur s'est mis à battre. Vite, je suis descendu pour aller ramasser le bocal et le remettre en place : Kolestérol, qui est vieux mais pas gâteux, s'en serait aperçu : c'était le seul bocal du genre...

Si je n'avais pas été en train de voler, je crois que j'aurais hurlé quand j'ai découvert le mort.

Allongé par terre au pied de la pile, il ne respirait plus, et nos regards se sont croisés quand je me suis penché. Un regard fixe et blanc.

J'ai cru vomir.

— Monsieur ! Monsieur ! Dites quelque chose !

Je l'ai secoué, giflé, tiré ; il n'a pas repris connaissance. Il était mou. D'un coup de bocal, je l'avais tué.

Le bocal n'avait rien. C'était toujours ça !

J'ai ramassé les bonbons éparpillés, à part un doré et un argenté ; dare-dare j'ai rangé à sa place l'arme du crime et je me suis sauvé sans demander mon reste.

J'ai caché les caramels sous mon lit et je n'ai pas voulu goûter ni dîner. Maintenant le noir me faisait peur. J'avais la frousse de ce regard terrible.

Qui était ce bonhomme ? Sûrement un représentant que Karel Kolestérol avait fait patienter dans l'arrière-boutique pendant qu'il servait les dames. C'était la raison de son énervement et maintenant il devait être encore plus énervé, avec ce mort.

J'attendais qu'on vienne m'arrêter. Le père Kolestérol avait dû prévenir la police.

J'étais meurtrier *et* voleur. Ça faisait au moins perpétuité pour quelques caramels. Quel chagrin pour maman

Meurtrier, je ne pouvais pas effacer... Les caramels, je pouvais les rapporter. Ça tournicotait dans ma tête.

À minuit, je me suis décidé. J'ai arrêté de faire la momie qui regardait le plafond. J'ai pris les caramels à rendre avec l'idée de les déposer sur le paillasson de l'arrière-boutique.

La gourmandise n'empêche pas les remords...

Dans la commode, j'ai pris le trousseau de clés de secours, et je suis sorti en chaussons pour ne faire aucun bruit.

Au premier, ça n'a pas empêché le chien des Cauchefer d'aboyer comme un maboule, à réveiller tout le palier.

J'imaginais déjà le père et la mère Cauchefer en pyj et bigoudis sur le pas de la porte en train de me tirer les oreilles : ça m'a donné des ailes. Je me suis retrouvé au rez-de-chaussée, glissant la boîte sous le paillasson avant d'avoir dit ouf.

D'ailleurs, il n'y avait pas de quoi pousser un soupir de soulagement. Les ennuis, les gros, commençaient.

Brusquement, la porte s'est ouverte, tandis que j'étais encore penché sur le paillasson... Et j'ai reçu les fesses de K.K. dans le nez.

Il sortait à reculons en tirant un grand paquet enrobé d'un drap blanc.

On s'est fait peur l'un l'autre.

— Qu'est-ce que tu fabriques ? Tu m'espionnes ?

Il avait l'air mauvais, le père Kolestérol. Moi, je n'avais pas besoin de lui demander ce qu'il trafiquait : K.K. traînait *mon* mort...

— Ca... ca..., j'ai bafouillé en montrant la boîte de caramels.

— Monsieur K.K.! il a dit.

— Je veux dire caramels. Je les rapporte...

Je ne pouvais détacher mon regard du mort. Karel Kolestérol m'a tiré dans la pièce. Il a claqué la porte.

— Je t'écoute, petit voleur !

Il y avait de la baffe dans l'air Je me suis protégé la figure.

— C'est un accident, c'est un accident, je le jure, j'ai dit très vite, je le jure !

— Un accident ? Quel accident ?

— Je n'ai pas voulu le tuer C'est tombé de là-haut sur sa tête...

K.K. réfléchissait très vite. Derrière ses lunettes aux verres épais, ses yeux de taupe passaient du mort à moi.

— Tes parents savent ?

— Oh non, Monsieur !

— Tu as de la chance, je n'ai pas alerté la police. Je suis un honnête commerçant, un mort ça porte tort. Qu'est-ce qu'on fait ?

Je ne savais pas. Je tremblais de tout mon corps en tripotant le trousseau de clés.

— Alors ! a dit K.K. Creuse-toi la cervelle, ou je t'en fais un paquet-cadeau et tu te débrouilleras avec ton mort.

— La cave ? j'ai suggéré.

— Je n'ai pas de cave.

— Nous oui... J'ai les clés. Le sol est en terre battue, c'est mou...

Monsieur Kolestérol a trouvé l'idée valable et m'a ordonné de faire le guet pendant qu'il traînait le représentant.

On a franchi les escaliers. Le corps faisait paf paf, paf paf sur les marches.

On a creusé, rebouché, tassé. J'étais crevé.

— Et n'oublie pas : silence total, a dit le père Kolestérol avec l'index sur la bouche. Ou ce sera pour nous deux la prison.

Pensez si j'ai promis de tenir ma langue ! C'était déjà bien gentil de sa part qu'il devienne mon complice pour me sortir de là !

Je me suis écroulé sur mon lit.

2

Je me suis rendu à l'école au radar, le matin.
En classe je me suis assoupi pas longuement : le temps d'attraper un zéro.
La maîtresse, qui a toujours le mot pour rire, m'a dit :
— Fais pas cette tête d'enterrement, un zéro, on s'en remet. Je me demande à quoi tu passes tes nuits...

— Je creuse ma cave..., j'ai dit sans réfléchir. Je me suis mordu la langue ; trop tard.

— Très drôle, a dit la maîtresse.

Elle était énervée à cause des copains qui se marraient. Ses doigts pianotaient sur le bureau, signe de mauvais temps.

— Mon petit Gilles (quand elle commence par « mon petit » avant le prénom, le prénom ramasse en général un zéro), tes camarades apprécient ton humour, je dirais ton insolence. Ça mérite un second zéro. Tes parents seront ravis...

J'ai pensé qu'il valait mieux annoncer des zéros plutôt qu'un mort mais j'ai gardé ma réflexion. Trois zéros le même jour, ç'aurait été de la gourmandise, et je m'y connais.

En rentrant, je voyais la police partout. Un car, une patrouille, même la contractuelle qui nous fait traverser m'inquiétaient.

Ils me soupçonnaient, j'en étais certain.

Je me suis aussi méfié du jeune qui lisait, bizarrement, le journal sur le banc en face du magasin de monsieur Kolestérol. Pourtant, il n'avait pas d'imper, mais un blouson et des baskets.

Je me suis engouffré dans le couloir, tête basse, plongé dans mes pensées.

Des éclats de voix m'ont tiré du rêve. Ils provenaient de l'arrière-boutique. La porte était fermée. J'ai écouté.

— La livraison est incomplète, disait une voix inconnue, très mécontente.

— Je vois, Monsieur, répondait Karel. Vous pouvez compter sur moi pour retrouver le bonbon. Accordez-moi jusqu'à demain.

— Dernier délai, Kolestérol. Le service ne tolérera aucun écart. Aucun !

Ça avait l'air de barder, là-dedans ! Décidément, monsieur Kolestérol avait des problèmes de fournisseurs et de représentants. Commerçant, c'est pas un métier marrant.

D'avoir une sœur petite non plus c'est pas marrant. La mienne avait fichu le bazar dans mes affaires.

Le plus moche, c'est qu'elle avait piqué les deux bonbons que j'avais cachés sous l'oreiller.

À deux ans, elle avait le diable au corps, cette punaise !

Pour le doré, c'était fichu, elle mâchouillait. J'ai sauvé l'argenté. Autant en profiter tout de suite, je l'ai sucé. Pas terrible. Les acidulés, c'est pas mon fort.

— Gillou, j'ai oublié le pain, a dit maman.

Pour une fois, je n'ai pas rouspété. Avec mon mort et mes deux zéros, c'était pas le moment. Quatre à quatre, j'ai descendu l'escalier.

— Hep !

C'était Karel Kolestérol. Il n'avait vraiment pas l'air commode.

— Viens par ici, toi...

Pas le moment de finasser, là non plus. Pour mon mort, il savait. Je suis venu.

Karel Kolestérol m'a tiré l'oreille.

— Dis donc, voyou, tu n'aurais rien pris là-haut dans le bocal ?

— Je jure M'sieur...

Il à tiré plus fort. La douleur, à la limite, j'aurais pu supporter. Mais c'est sa menace qui m'a fait tout avouer : il m'aurait dénoncé.

— Écoute-moi bien, gamin, je veux le bonbon au papier doré, tu m'entends ? Et rapidement.

J'ai ôté de ma bouche celui que je suçais Le doré, l'argenté, quelle différence sans papier ?

Karel Kolestérol l'a pris tout poisseux,

dégueu, gluant, il a croqué dedans. Pas dégoûté, le vieux.

Ça m'a quand même scié. Pour un marchand de bonbons qui en avait des kilos, des tonnes et des montagnes, je le trouvais méchamment radin, le père Kolestérol.

Il a mis un temps fou à croquer. À cause de ses vieilles dents, sans doute. Puis il a dit :

— Ce n'est pas le bonbon doré.

J'étais soufflé ! Il avait beau baigner dans la confiserie, je l'ai trouvé super-costaud du goût, Kolestérol.

J'ai admis. Ma sœur avait mangé le doré.

À la fin, ça m'a énervé qu'il fasse un plat d'un tout petit bonbon. L'insolence a repris le dessus ; j'ai dit :

— D'abord, si ce bonbon vous manque si fort, vous pouvez toujours trier les restes dans les couches de ma sœur !

Au lieu de m'en allonger une, Karel Kolestérol a paru considérer la situation.

Il y avait presque de l'espoir dans son regard.

— Je dois retourner à la cave. Apporte-moi, tout de suite, le trousseau que tu avais. Sans un mot à tes parents, bien sûr...

Pas de danger ! J'ai couru chercher le pain. Puis les clés. Ce mort, au moins, me faisait faire du sport.

3

Je regardais tranquillement la télé, quand on a sonné.
— Gillou, va ouvrir,
a dit maman de la cuisine.
C'était le jeune en baskets et blouson. Mon cœur n'a fait qu'un bond. À ce train-là, sûr que je finis cardiaque avec ou sans dents pourries.
— On n'a besoin de rien,
j'ai dit en refermant.

— Minute, il a dit en coinçant son pied. Je ne vends pas, j'achète. J'achète des renseignements, bonhomme. Ta maman est là ?

Maman est arrivée en s'essuyant les mains.

— Police ! Il a montré sa carte. Je voudrais vous poser une ou deux questions...

Ils se sont installés au salon pendant que je filais aux cabinets. Une diarrhée ! J'attendais qu'on vienne me passer les menottes.

J'ai attendu, attendu. Quand on a frappé à la porte, j'ai presque été soulagé.

— Gillou... Ça ne va pas ? Tu trônes depuis une heure. Sors, on mange.

— Il est parti ?

— Qui ? Le policier ? Bien sûr. Pourquoi ? Tu aurais voulu qu'il reste dîner ?

— NON !

Maman a dû me trouver marteau tellement

le « non » est sorti fort.

À table, j'ai prudemment interrogé maman. Il voulait quoi ? Il cherchait qui ?

— Il m'a montré la photo d'un monsieur disparu que je ne connais pas. Il m'a questionné à propos de monsieur Kolestérol, ses fréquentations, ses va-et-vient... Ça t'intéresse tant ?

— Oh non, M'man. C'est pour parler.

— Eh bien parle-moi de l'école, Gillou.

Je suis passé à la casserole. Un zéro, ça vous rattrape toujours. Forcément : ça roule. Alors deux, vous pensez...

« Si vous avez du nouveau, avait dit le policier à maman, appelez-moi à toute heure à ce numéro. » Il avait laissé sa carte près du téléphone. Ça me travaillait. Pas moyen de dormir.

Je n'allais pas faire la momie jusqu'au

matin pour des prunes comme la chèvre de monsieur Seguin.

Je me suis levé. Une heure sonnait au carillon du vestibule. À la poubelle, la carte ! Et si maman la cherchait, il serait toujours temps d'accuser finement Claire... Elle a le diable au corps, ce n'est pas une surprise.

La surprise m'attendait dans la cuisine !

En poussant la porte, j'ai cru rêver. Tous les deux, on était faits pour se rencontrer à des heures pas possibles. Et sans invitations ; une fois chez lui, une fois chez moi...

Qu'est-ce qu'il fichait là, le père Kolestérol ? La poubelle éventrée gisait à ses pieds. Sur le plan de travail à côté de l'évier, trois couches usagées retenaient son attention. Vous n'imaginez pas ! Ses doigts triaient la crotte !

— Ça va pas !? j'ai crié.

Il s'est jeté sur moi pour me clouer le bec et il m'a regardé salement.

— Pas un mot, pas un geste, il a sifflé façon crotale à mes oreilles. Ça m'a filé la chair de poule.

En me surveillant du coin de l'œil, il a repris ses fouilles d'un air écœuré. Il avait de drôles de manies, Kolestérol. Je me suis demandé s'il n'était pas timbré. J'en avais peur maintenant.

Tellement, même, que j'ai pensé : « K.K. est caca », mais que ça ne m'a pas fait rire.

Soudain, il a poussé un énorme soupir. À la lumière de sa lampe de poche, il a examiné une sorte de gélule comme papa parfois prend pour la forme. Il l'a passée sous l'eau. Il a souri, il l'a embrassée.

— Merci mon Dieu, il a dit.

Je me suis dit : « C'est un Fou de Dieu dont la télé parle tout le temps... »

Il m'a regardé.

— T'as de la chance, toi... Et souviens-toi bien : pas un mot à tes parents...

Pas un mot, cette blague !

Il pouvait ranger sa lampe, Kolestérol. D'un coup, la lumière de la cuisine s'est allumée.

— Qu'est-ce que c'est que ça ?

Pas content-content, papa. Très fort, il a demandé :

— Qu'est-ce que vous faites ici, monsieur Kolestérol ? Qui vous a ouvert ?

J'étais dans mes petits souliers ! J'ai fait non. Papa a dit qu'il appelait la police. Et crac, Kolestérol a sorti un pistolet.

— On ne bouge pas ! J'emmène votre fils.

Je ne le trouvais plus du tout gentil, K.K. Papa a essayé de parlementer, de comprendre et de le ramener à la raison.

Finalement, Kolestérol m'a poussé devant. Le canon me glaçait le cou.

J'ai descendu les escaliers comme dans un cauchemar... Et tout ça pour quelques caramels. Je me suis promis d'arrêter les sucreries.

Un peu tard, non ?

À la fenêtre, j'ai vu papa. Il m'a fait un petit signe. Maman pleurait contre son épaule et j'aurais voulu crier : « Je vous aime », mais K.K. me poussait vers sa voiture.

— Fini la rigolade. Entre !

Avant que j'aie pu comprendre, K.K. s'est retrouvé contre le capot, mains dans le dos...

— Prise d'otage, ça s'aggrave, a dit le jeune policier.

Il a fouillé K.K., lui a pris la gélule.

— Parfait ! Et mon collègue ?

K.K. a tout dit, tout.

Vous savez quoi ?

Je n'ai pas tué.

L'assassin c'est Kolestérol.

Le mort n'était pas représentant mais inspecteur. Il avait Kolestérol à l'œil. Une affaire de microfilms dans les bonbons dorés.

Les bonbons, c'est vraiment dangereux. Juré, j'arrête les sucreries !

Maman me serrait fort dans ses bras.

— Vous m'avez appelé à temps, a dit le jeune policier à maman qui m'étouffait.

Remonté à la maison, j'ai descendu une tablette entière de chocolat à cause de l'émotion...

Tout le monde peut rechuter, non ?

fin

Les Minis Citoyens

Des minis romans accompagnés de Cahiers Citoyens, pistes de lecture, d'écriture, d'éducation à la citoyenneté, réalisés par des enseignants, pour des enseignants, disponibles en librairie.

Mémé méchante
Stéphanie Benson
Accompagné du Cahier Citoyen
« Liens familiaux »

Le couteau de pépé
François Braud
Accompagné du Cahier Citoyen
« Travail de deuil »

Sèvres-Babylone
Gérard Carré
Accompagné du Cahier Citoyen
« Situations à risques »

Grand-mère Mambo
Hélène Couturier
Accompagné du Cahier Citoyen
« Magie, sorcellerie et superstitions »

Crimes caramels
Jean-Loup Craipeau
Accompagné du Cahier Citoyen
« Droits de l'enfant »

Le chat de Tigali
Didier Daeninckx
Accompagné du Cahier Citoyen
« Intolérance »

Lili bouche d'enfer
Pascal Garnier
Accompagné du Cahier Citoyen
« Garçons et filles »

L'oasis d'Aïcha
Achmy Halley
Accompagné du Cahier Citoyen
« Ma famille vient d'Algérie »

Un marronnier sous les étoiles
Thierry Lenain
Accompagné du Cahier Citoyen
« Travail de deuil »

Pas de pitié pour les poupées B
Thierry Lenain
Accompagné du Cahier Citoyen
« Différences »

Qui a tué Minou Bonbon ?
Joseph Périgot
Accompagné du Cahier Citoyen
« Rendre la justice »

On a volé mon vélo !
Éric Simard
Accompagné du Cahier Citoyen
« Au voleur ! »

La valise oubliée
Janine Teisson
Accompagné du Cahier Citoyen
« Affronter le handicap »

Je suis amoureux d'un tigre
Paul Thiès
Accompagné du Cahier Citoyen
« Origines et adoption »

Les doigts rouges
Marc Villard
Accompagné du Cahier Citoyen
« Soupçons et preuves »

Illustration de couverture : Antonin Louchard
Dessin de la Souris noire : Lewis Trondheim
Maquette : Robert Achoury

Imprimé en France par France Quercy
Dépôt légal : décembre 2004
Loi n° 49.956 du 16.07.1949
sur les publications destinées à la jeunesse
N° d'éditeur : 10121300
N° d'imprimeur : 43076